LUPE LOPEZ

¡REGLAS DE UNA ESTRELLA DE ROCK!

*A Eva Goins y Cindy Vela, quienes celebran
la estrella de rock en todos sus estudiantes —eEC-T*

*A LuEllen Childers y sus estrellas de rock en St. James
School en Madison, Wisconsin —PZM*

Para Juana, una maestra estrella de rock. ¡Siempre Rocktober!
—JC

First edition in Spanish 2022. Library of Congress Catalog Card Number 2021947456. ISBN 978-1-5362-0954-9 (English edition).
ISBN 978-1-5362-2006-3 (Spanish edition). This book was typeset in Adobe Caslon. The illustrations were created digitally.
Candlewick Press, 99 Dover Street, Somerville, Massachusetts 02144. www.candlewick.com.
Printed in Shenzhen, Guangdong, China. 22 23 24 25 26 27 CCP 10 9 8 7 6 5 4 3 2 1

ESCUELA PRIMARIA
HÉCTOR P. GARCÍA
BIENVENIDOS

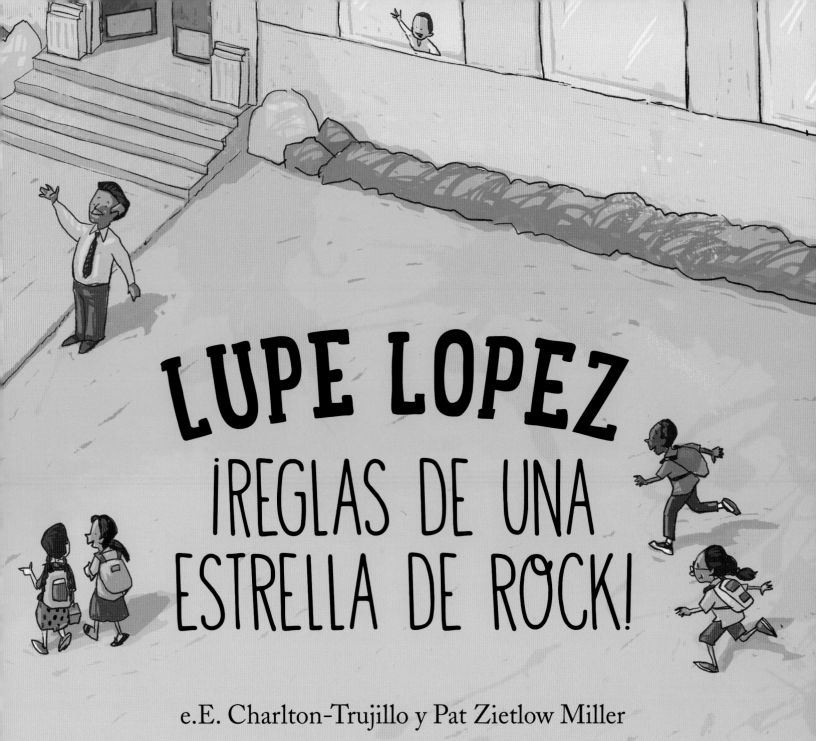

LUPE LOPEZ
¡REGLAS DE UNA ESTRELLA DE ROCK!

e.E. Charlton-Trujillo y Pat Zietlow Miller

ilustraciones de Joe Cepeda

traducción de Georgina Lázaro

CANDLEWICK PRESS

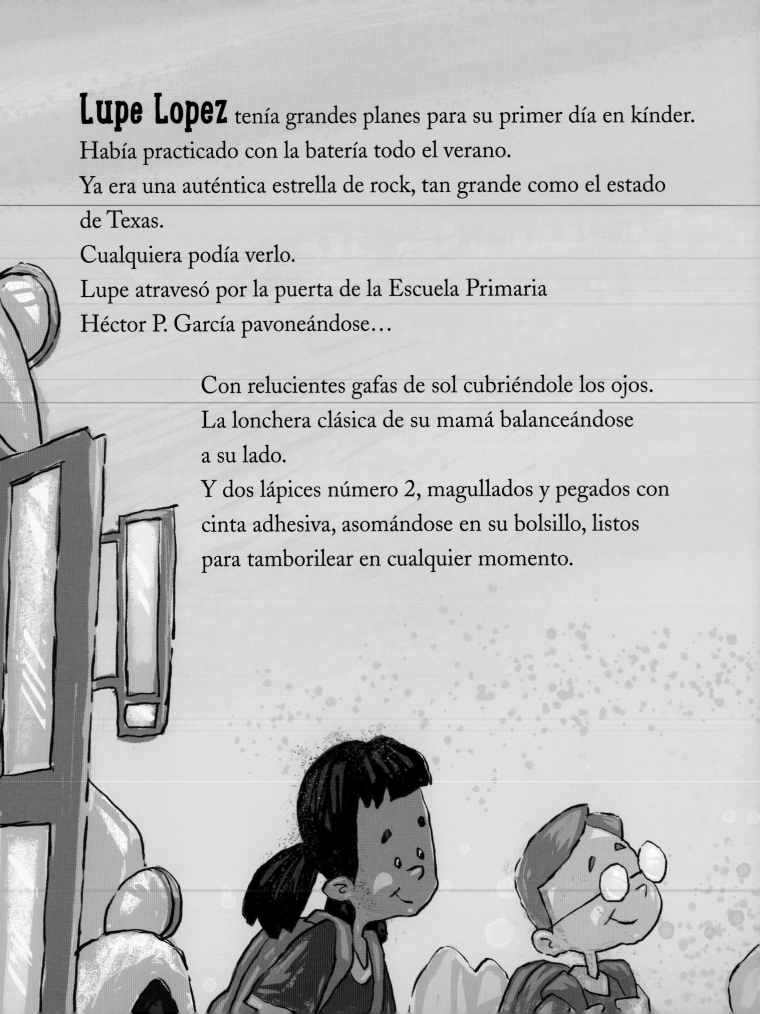

Lupe Lopez tenía grandes planes para su primer día en kínder.

Había practicado con la batería todo el verano.

Ya era una auténtica estrella de rock, tan grande como el estado de Texas.

Cualquiera podía verlo.

Lupe atravesó por la puerta de la Escuela Primaria Héctor P. García pavoneándose…

Con relucientes gafas de sol cubriéndole los ojos.

La lonchera clásica de su mamá balanceándose a su lado.

Y dos lápices número 2, magullados y pegados con cinta adhesiva, asomándose en su bolsillo, listos para tamborilear en cualquier momento.

¡Sobre cualquier cosa!

Pupitres.

Mesas.

Sillas.

El mapa de Texas en la pared
de su salón de clases.

Pero entonces…

—¡Lupe Lopez! —dijo la maestra Quintanilla—, quítese esas gafas de sol. Lupe se sonrió y ejecutó otro solo en los pupitres de sus compañeros de clase.

¡PAN! ¡RATAPLÁN! ¡PUM! ¡RATAPLÚN!

—Pero es que yo soy una estrella de rock.

El primer día de clases Lupe fue la primera en meterse en problemas.
Y, la verdad, ya eso era bastante.

—Todos tenemos que obedecer las reglas —dijo la maestra Quintanilla—, especialmente en la escuela.

—Las estrellas de rock no obedecen las reglas —dijo Lupe.

—Sí, lo hacen —dijo su maestra.

Y entonces enumeró tres reglas para ser una estrella de rock en la escuela:

—No más gafas de sol. No más problemas —dijo la maestra Quintanilla—. ¿Entendido?

Lupe punteó en sus caderas con las yemas de los dedos, asintió con la cabeza y dijo, "Genial…"

Que, para una estrella de rock, era una forma de decir que lo pensaría.

Pero Lupe pensó que la maestra Quintanilla tenía las reglas equivocadas.

Lupe sabía que las estrellas de rock:

1) No escuchaban a nadie.
2) Hacían mucho ruido. ¡Rataplán!
3) Tenían admiradores, no amigos.

Cuando la maestra Quintanilla le pidió a Lupe que dejara de tamborilear y guardara sus lápices, Lupe cumplió su primera regla: no le hizo caso.

En lugar de obedecer siguió con su música.
Trató de hacerlo bien bajito, pero entonces…

¡PAN! ¡RATAPLÁN! ¡PUM! ¡RATAPLÚN!

—Las estrellas de rock escuchan a su maestra —dijo la maestra
Quintanilla—, a menos que quieran perder sus palillos.
Eso era lo que Lupe no quería.

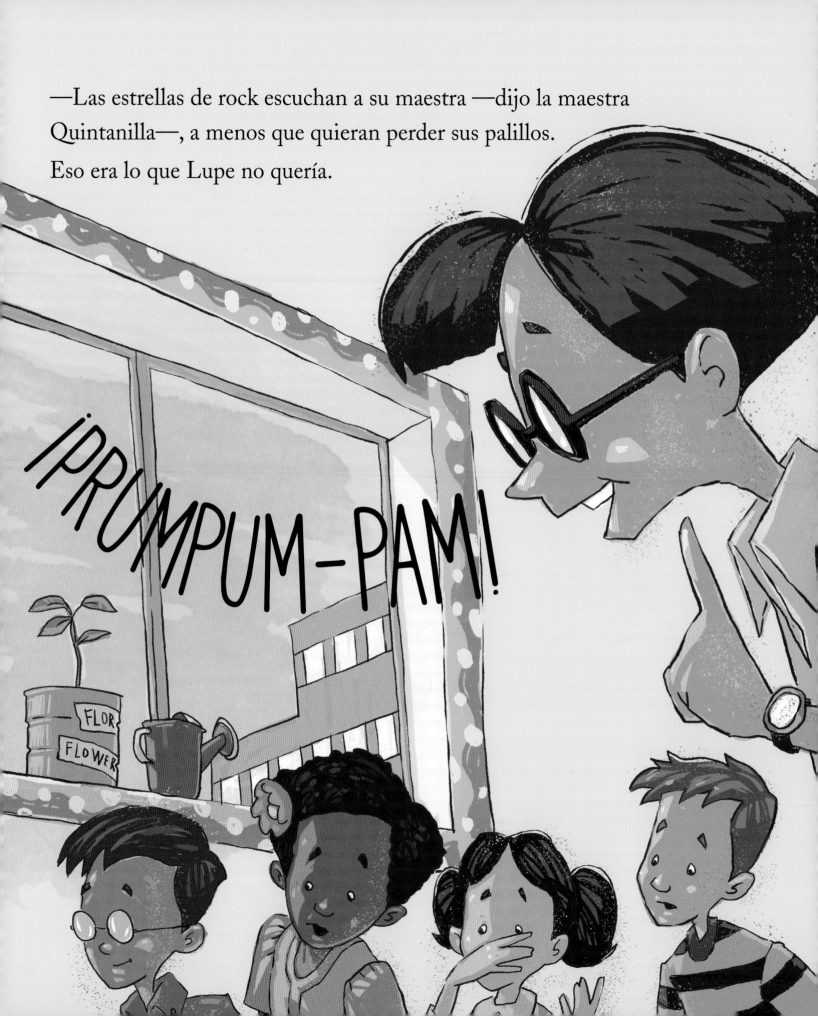

¡PRUMPUM-PAM!

Durante el almuerzo Lupe se puso sus gafas de sol
y tamborileó un ritmo de lonchera.

Un niño se rio.

—Ella cree que es una estrella de rock.

—Yo soy una estrella de rock —insistió Lupe.

Se puso de pie. Juntó las bandejas del almuerzo.

Alineó los envases de leche.

Y cumplió su segunda regla haciendo mucho ruido.

Todos se rieron.
Menos la maestra Quintanilla.

—Recuperarás esto después de clase —dijo.

Lupe suspiró.

Ahora no tenía gafas de sol.

Ni palillos.

Ni lonchera.

Ni el poder de una estrella.

Este era un problema del tamaño de Texas.
Hasta que Lupe recordó su tercera regla…

¡Necesitaba admiradores!

Durante el recreo Lupe se subió a la deslizadora, posó y usó su voz de rocanrol más fuerte:

—¿Quieren moverse con una estrella de rock? ¡Únanse a mi club de admiradores! Reúnanse conmigo en la biblioteca después de clase.

Entonces, marcó un ritmo con los pies y se fue pavoneándose a la clase.

Después de clase, Lupe tamborileó con los dedos de las manos. Tamborileó con los dedos de los pies. Tamborileó hasta con los codos. La bibliotecaria tuvo que mandarla a callar tres veces.

Ella esperó y esperó.
Pero nadie llegó.

Quizás... sus compañeros de clase no la oyeron cuando habló desde lo alto de la deslizadora.

Quizás... pensaron que ella quiso decir mañana.

O, quizás... ella no era una estrella de rock después de todo.

"Soy famosa", pensó Lupe. "Sí, claro. Ni siquiera puedo conseguir admiradores".

Al día siguiente Lupe llevó su almuerzo en una bolsa de papel, colocó un simple lápiz detrás de su oreja, guardó sus gafas de sol en el pupitre y trató de cumplir con las reglas de la maestra Quintanilla.

ESCUCHÓ CORTÉSMENTE.

USÓ SU VOZ INTERIOR.

TRATÓ DE SER AMIGABLE.

Y NO TAMBORILEÓ SOBRE NADA.

Fue la peor mañana que un niño de kínder haya tenido jamás en la Escuela Primaria Héctor P. García.
Como todos podían ver.

Durante el almuerzo Lupe tocó un pequeño ritmo con los dedos.

Apenas se podía oír.

Entonces fue cuando…

Ruby DeLeón y Ana Flores se sentaron a su lado.

—Nos encanta tu tamborileo —dijo Ruby.

—Tú eres casi famosa —dijo Ana.

—¿De veras? —dijo Lupe—. Ustedes podrían ser mis primeras admiradoras.

Ruby movió la cabeza.

—Nosotros no queremos ser tus admiradoras. Queremos formar una banda. Yo toco la guitarra y Ana canta.

Lupe no había considerado ser parte de una banda.

—Genial —dijo... dijo, que es la forma en que una estrella de rock dice que lo pensará.

—Podemos hacer rock —insistió Ruby.

—Y yo puedo menearme —dijo Lupe.

"Tal vez", pensó Lupe, "los amigos son mejores que los admiradores".

A la mañana siguiente, Lupe, Ruby y Ana entraron por las puertas de la Escuela Primaria Héctor P. García pavoneándose.

Los lápices y las uñas de guitarra... guardadas en las loncheras.

Las gafas de sol... colgadas de las camisas.

Listas para ser famosas... depués de clase.

Porque hasta las estrellas de rock cumplen las reglas.

A veces.